风孩子全都系着厚厚的围巾，戴着马海毛的手套，穿着皮靴。

　　可有些日子，他们还是觉得寒冷。特别是冬天那阴沉沉的、天幕低垂的黄昏。

姬鼠和玻璃火炉

［日］安房直子 著　［日］降矢奈奈 绘　彭懿 译

"冷冷冷……"

风孩子冷得直哆嗦。

"就没有办法暖和一点儿吗?"

突然,风孩子的脑海里浮现出一个明亮的好东西。

他曾经在一户人家的窗户里瞥见过一团橙黄色的火。

"啊,那个东西太好了。要是我有一个那样的东西,该多好啊!"

风孩子一边在铺满了落叶的路上沙沙地走着,一边一个人这样嘟哝着。

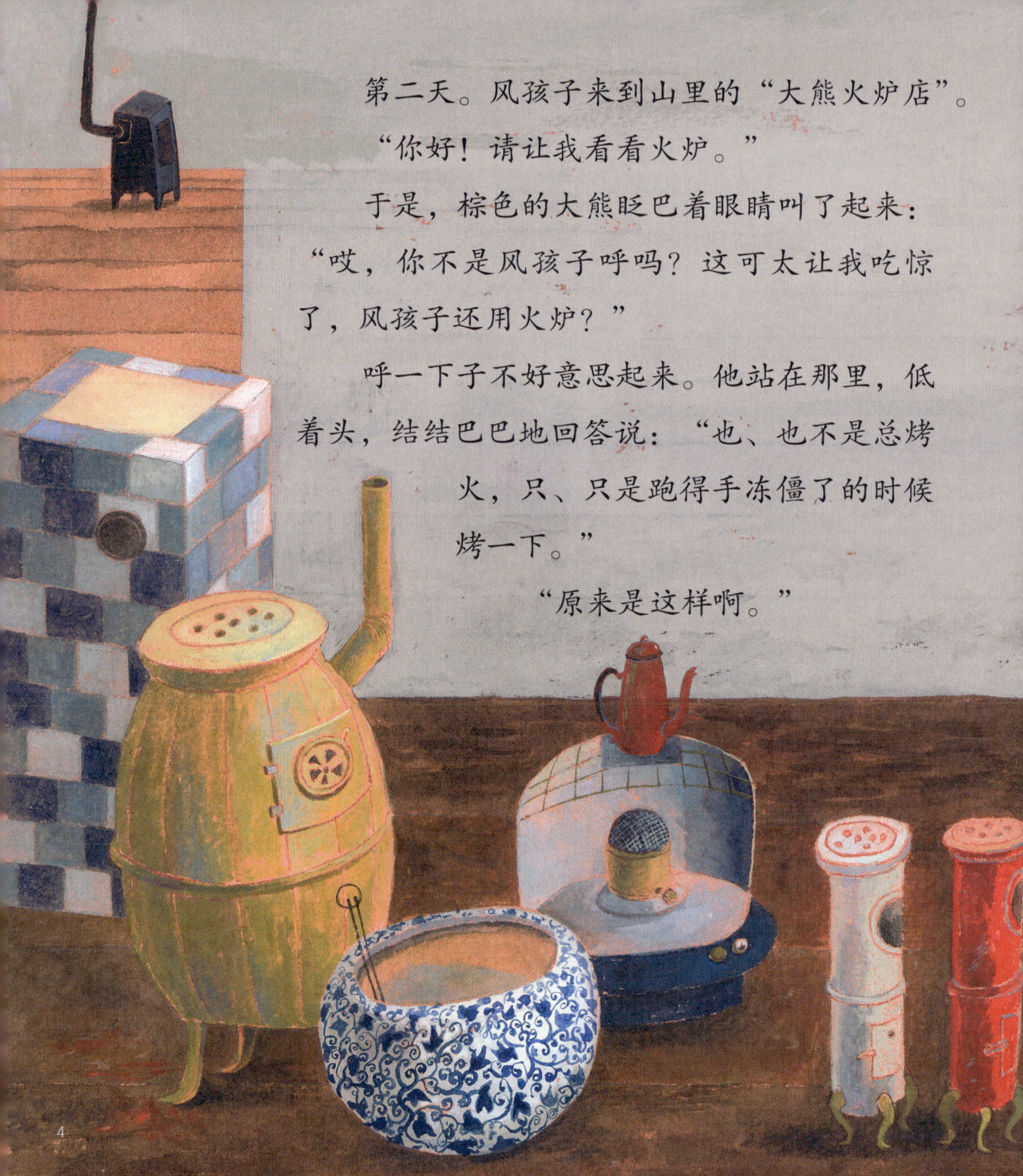

第二天。风孩子来到山里的"大熊火炉店"。

"你好!请让我看看火炉。"

于是,棕色的大熊眨巴着眼睛叫了起来:"哎,你不是风孩子呼吗?这可太让我吃惊了,风孩子还用火炉?"

呼一下子不好意思起来。他站在那里,低着头,结结巴巴地回答说:"也、也不是总烤火,只、只是跑得手冻僵了的时候烤一下。"

"原来是这样啊。"

大熊站了起来，朝店里看了一圈儿，指着角落里那个熏得黑黑的火炉。

"你用那个正合适吧。"

"那个吗？也太脏了吧。"

风孩子摇了摇头。

然后，他闭上眼睛，出神地说："我想要一个样子更漂亮的，闪闪发光，火苗柔和，是橘子的颜色……"

"柔和，是橘子的颜色……"

大熊搓了搓双手，想了一下，然后啪地拍了一下手。

"好吧，是那个了，就是我一直珍藏着的那个了。"

大熊踩着脚凳，从高高的橱柜里取出来一台崭新的火炉。

"这可是少见的好东西啊。"

大熊噘起嘴，噗、噗地吹掉了它上面的灰尘。

"真的哟！"

呼把眼睛眯成了一条缝，他还是头一次看见这么漂亮的火炉呢。火炉是玻璃做的，外边镶了一圈儿带图案的厚玻璃。所以，从外头也能看见里面燃烧的火。

"嗬……"

风孩子轻轻地摸了一下玻璃。虽然还没有点火，但摸上去却有一点点热乎乎的感觉。

"就是它了！"

呼这么叫了一声，就哗啦哗啦地从口袋里掏出钱，买下了这个火炉，还有一罐煤油。

呼拎着玻璃火炉,沿着山路,一步一步地朝山下走去。

"在什么地方点火呢?原野上怎么样?"

不过这个时候,呼想起了刚才大熊说过的那句话:"这可太让我吃惊了,风孩子还用火炉?"

"我用火炉,是不是很奇怪呢……嗯,说的也是,别的伙伴肯定会笑话我。"

呼这样嘟哝着,倏地一下掉转了方向。

"不去原野了。"

他决定去森林，那里不会被人发现，可以一个人悄悄地点起火炉烤火。

森林里白天也是一片昏暗。呼一走进森林，就紧紧地抱住了火炉。不小心可不行，火炉毕竟是用玻璃做的。

呼一直走到森林深处一个绝对不会被人发现的地方，把火炉放到了地上。然后，他把黄色的煤油咕嘟咕嘟地倒进了火炉里。

"火柴，火柴……"

呼把裤子和上衣的口袋全部拽了出来，终于找到了小小的一盒火柴。

嚓——

火柴冒出来一团小小的蓝色火焰。

接着，它砰地点燃了火炉的火。

火炉立刻就亮了起来。

噢，真的是橘子颜色的光。看上去，它就像一盏小小的吊灯。

"真好啊……"

呼的心扑通扑通地跳着，他把手轻轻地罩了上去。一股柔柔的暖意传遍了全身。

呼闭上了眼睛。

"绿色……绿色的暖意……"

呼的心中涌起了这样一种感觉，一种被春天的嫩芽轻轻地裹住的感觉。

呼已经忘记自己是风了。其实这个时候，他本该全速地从一座大山跑到另一座大山的，可他却暖和地蹲在那里，打着瞌睡。

火炉静静地燃烧着。红色的火焰在睡着了的风孩子的眼前跳跃着，就像小矮人的红舌头似的，忽大忽小，摇个不停……

咔嘣！

响起了一个好似枯叶破裂的声音，呼突然睁开了眼睛。

已经是晚上了，四周都黑透了，火炉闪着红光。

火炉的对面好像有一个小东西在动。

这时，响起了一声"阿嚏！"

"谁？"

呼猛地坐了起来，凝神看去。一个小小的、腿短短的……

没错，确实是一只动物。

"谁呀，随便就来烤人家的火炉！"

呼提高了嗓门儿。

"对不起，我实在是太冷了。"

对方战战兢兢地回答说。

"我在问你是谁哪！你是谁？"

呼傲慢地问。

"我是姬鼠。"

如同铃铛一样丁零零的声音回应道。

"姬鼠？哈哈，怪不得这么小呢！"

呼忍不住笑出了声，因为十厘米长的小老鼠贴着火炉烤火的样子，看上去十分滑稽。

"有什么好笑的！"

姬鼠有点儿不高兴了，把头歪向了一边，细细的尾巴不停地摆动。

那是一条比身体还要长的漂亮尾巴。姬鼠后背的毛是金色的，被火炉的光照得闪闪发光。

呼盯着它说："哎，好漂亮的老鼠啊。你要是冷，就烤一会儿吧。"

有了一个说话的对象,呼十分高兴。

"怎么样,这个火炉好吧?"

姬鼠眼睛闪闪发亮地回答说:"太好啦。一开始我还以为是太阳掉下来了呢,又红又热。"

呼满意地点了点头。

姬鼠歪头想了一下,又说:"你说把水壶放到火炉上好不好?"

"水壶?"

"是的,这样我们就能喝茶了。"

"对呀,这个主意太好了。"

呼别提有多开心了。

"那我现在就去买一把水壶吧,亮闪闪的水壶。"

"那你就顺便再买一口锅吧,我给你做好吃的东西。"

好吃的东西!呼的心头突然一亮。他的眼前浮现出好吃的东西在炉子上呼呼地冒着热气的情景。迄今为止,呼已经不知道多少次隔着人家的窗户看到这样的情景了。

此外,还有摆满了茶点的桌子和快乐的欢笑声……

"啊,太好了,好吃的东西太好了!"

呼叫了起来,他已经忍不住要去买锅了。

"我这就去买。"

说完,呼就站了起来。

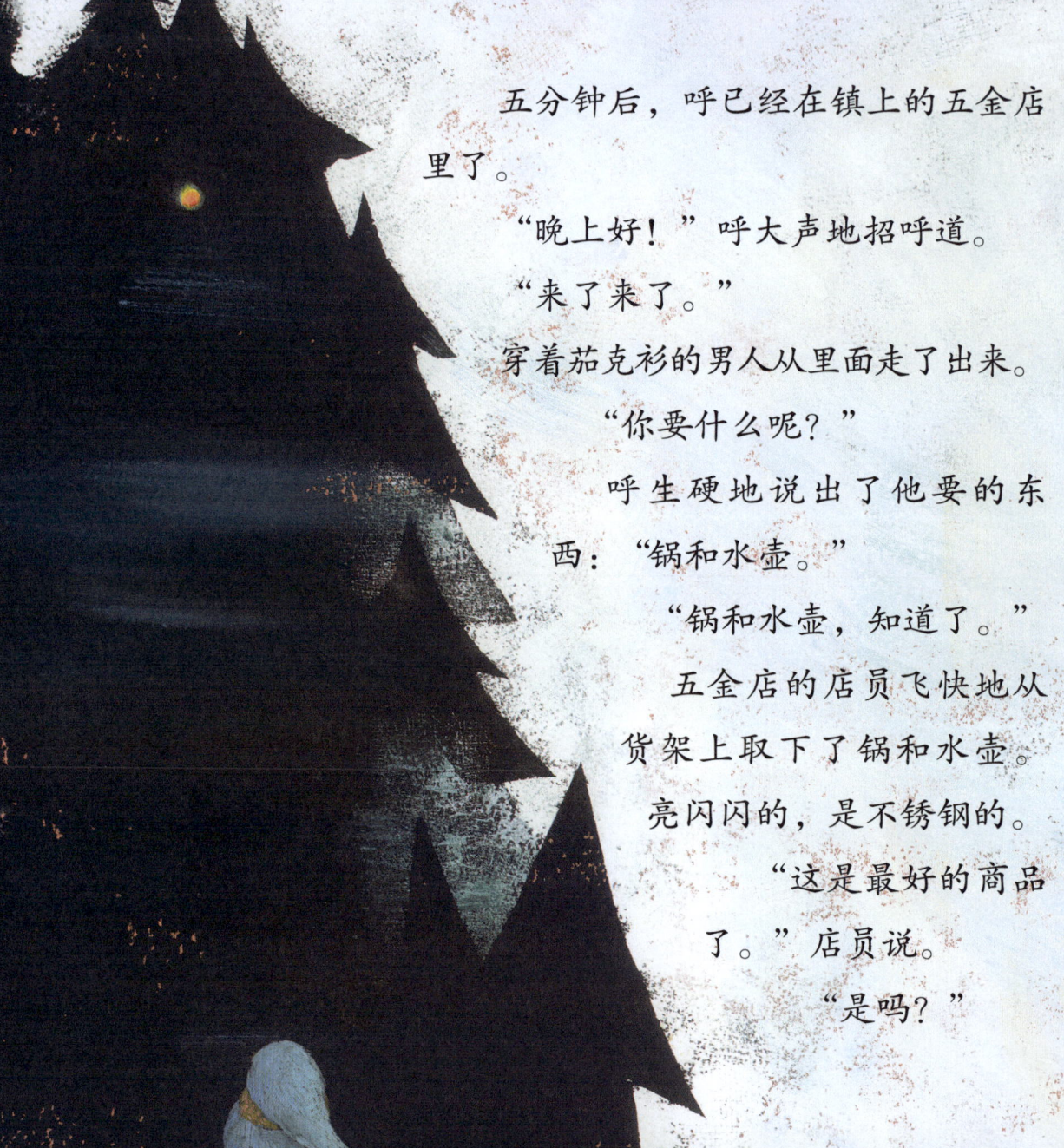

五分钟后,呼已经在镇上的五金店里了。

"晚上好!"呼大声地招呼道。

"来了来了。"

穿着茄克衫的男人从里面走了出来。

"你要什么呢?"

呼生硬地说出了他要的东西:"锅和水壶。"

"锅和水壶,知道了。"

五金店的店员飞快地从货架上取下了锅和水壶。亮闪闪的,是不锈钢的。

"这是最好的商品了。"店员说。

"是吗?"

呼把锅翻过来看了看，又取下水壶的盖子朝里头瞅了瞅，不论是锅也好，还是水壶也好，都像鱼的脊背一样闪闪发光。

"真好。就是它们了……啊，不用包装了，马上就用了。"

呼一边着急地跺着脚，一边说。就这样，呼抱着锅和水壶回到了森林。

森林里又冷又黑，只有一个地方亮着一团明亮的火光。

一看到燃烧着的炉火，呼的心一下子就激动起来了。他从前不知道，这么一个小小的火炉，这么一个小小的朋友，就能让他的心如此激动。他一直都是孤零零的一个人。

"我回来了。"呼说。

姬鼠正在火炉前面剥洋葱。它面前摆着一溜儿小小的白洋葱。

"哎,这是要做什么啊?"
呼突然大声地问。

"洋葱汤,怎么样?"
姬鼠温柔地答道。

在温暖而又美丽的火炉边上,呼和姬鼠享用了一顿美味的晚餐,饭后还喝了热乎乎的红茶。他们的身体从里到外都热了起来,很快,一阵浓浓的睡意就袭来了。

打那以后,呼和姬鼠就生活在一起了。

好多天过去了。

一个静静的、快要把人冻僵了的夜晚，呼的火炉边上来了一位新的客人。

"冷冷冷。"

一个尖利的声音，突然从头顶上传了下来。

"啊呀！"

呼和姬鼠抬头一看，只见枯树上坐着一个没见过的女孩。她穿着毛皮大衣，鲜红紧身的裤子，两条腿不停地晃荡着……她是什么时候来的呢？

"让我也烤烤火，行吗？"

"你是谁？"

"我是风孩子啊。我的名字叫极光。"

"极光？"

呼好像听到过这个词。

"极光是什么?是彩虹吗?"呼傻傻地问。

"不是。极光比彩虹好看多了。"

"你到底是从什么地方飞来的呢?"

"从天不黑国来的。"

"天不黑国?嘚!"

虽然不知道那是一个什么地方,但呼还是挺佩服的。不管怎么说,是从很远很远的地方来的人啊,是一个外国的风孩子。

"那你快下来烤烤火吧。"

呼突然笨拙地招呼道。

女孩轻轻地落到了地面上。

"你好厉害呀,独占这么好的火炉!"极光吐了一口白气,"啊呀,还有茶?"

"嗯。"呼拘谨地回答。

这个奇妙的女孩光是来到身边,就让他全身僵硬了。

"你喝茶吗?"呼问。

极光想了一下，装腔作势地回答道："我还是喝咖啡吧。"

说着，她从大衣的口袋里掏出一个纸袋。

"这就是咖啡，能给我煮一下吗？"

呼接过纸袋，目不转睛地看着。这时，边上的姬鼠开口说话了："请你先喝喝我们的茶。"

"……"

直到这个时候，极光才注意到还有一只姬鼠。

"嘀哟，吓我一跳，这么小一只老鼠！"
极光眨巴着眼睛说。

"它是我的好朋友。"

"好朋友……老鼠是你的好朋友？"
极光一脸的困惑。

"嗯。不过它做的饭可好吃了。"

"什么，这只老鼠还会做饭？真的假的？"

"真的！它烤的苹果好吃极了。"

"可是，老鼠烤的苹果是个什么样子呢？"

姬鼠一直在边上默默地听着，它气愤极了，连话都说不出来了。

它的身体一下子鼓了起来。

"不懂礼貌的女孩……"

不过，极光马上就把姬鼠给抛到脑后了。

"夜里真的好黑啊,就像没有窗户的房子一样。"

"那是当然了……"呼刚说了一个开头,突然想起了刚才极光说过的话。

"你说你们那个国家天不黑,是真的吗?"

"是真的,夜里也是明亮亮的。"

"是吗?那到底是个什么样子呢?"呼的眼睛都放光了,"怎么去你那里呢……你说,我也能去吗?"

呼到底还是一个风孩子啊,比起一动不动地待在火炉边烤火,他还是更喜欢在广阔的世界里奔跑啊。

"嗯。你想去吗?"

"当然想……"

呼大大地吸了一口气。

心想,多好啊,我想去啊……

不过就在这时,呼的目光与姬鼠那小小的眼睛相遇了。姬鼠那双珠子似的黑眼睛,像是有什么话要说。

"我可以带这只姬鼠一起去吗?"呼问极光。

"你说这只老鼠?"

极光发出了一声尖叫,然后装出大人的样子摇了摇头。

"不行不行,缠住了手脚。"

"缠住了手脚?"

"就是碍手碍脚的意思。"

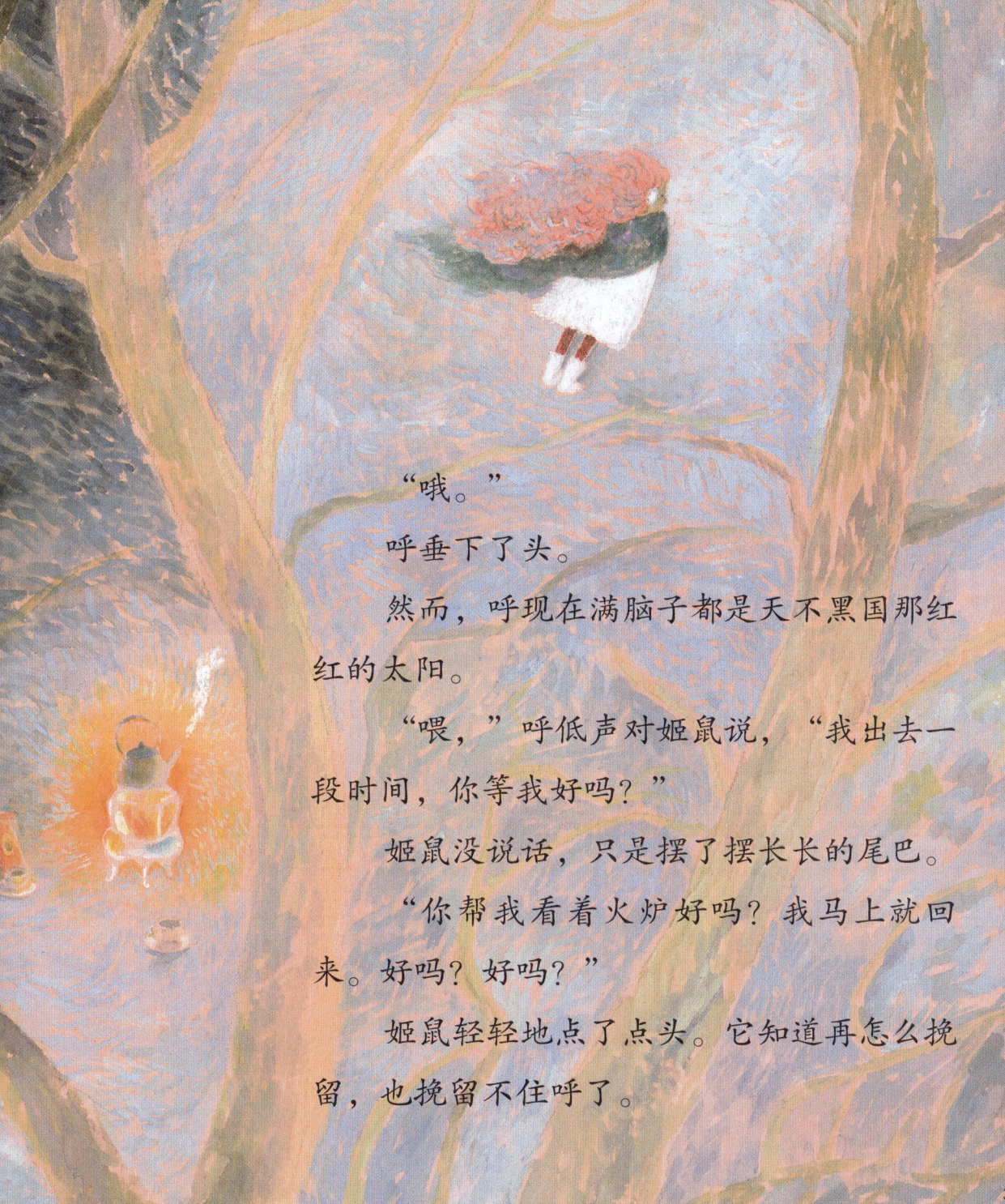

"哦。"

呼垂下了头。

然而,呼现在满脑子都是天不黑国那红红的太阳。

"喂,"呼低声对姬鼠说,"我出去一段时间,你等我好吗?"

姬鼠没说话,只是摆了摆长长的尾巴。

"你帮我看着火炉好吗?我马上就回来。好吗?好吗?"

姬鼠轻轻地点了点头。它知道再怎么挽留,也挽留不住呼了。

"那我们走吧。"

极光已经站了起来。

"这、这么快?"

呼的眼睛都瞪圆了。

"不早不行,我的国家太远了。"

极光把大衣的领子竖了起来。于是,呼也站了起来,戴上手套,然后对姬鼠说:"再见,那我们先分别一段时间。"

"再……见。"

分别的话,只有这些。

然后,两个风孩子就无声无息地消失在昏暗的森林里了。

他们走了以后，姬鼠一直都待在火炉边，一直盯着玻璃里面红红的、摇晃的火焰。好多个小时过去了，它才终于像醒过来了似的说："走了……"

呼像鸟一样地飞走了。

不过，到了第二天的黄昏，姬鼠还是照样兴冲冲地切菜，把锅放到了火上。

"万一他今天回来呢……"

可是，等啊等啊，呼没有回来。没有来信，也没有来明信片。

"啊——"

姬鼠寂寞地叹了口气，不再做菜了，因为好吃的东西，是为喜欢吃的人做的。姬鼠伤心地过了一天又一天。

有一天早上，姬鼠突然想起了极光留下来的那袋咖啡。

"要不喝喝看……"

姬鼠连忙烧起水来。

　　话说在森林的边上，住着另外一只姬鼠。它在银杏树下挖了一个洞，独自生活着。

　　就在这棵树上，还住着一只姬鼠。它用枯叶做了一个窝，独自悄悄地生活着。此外，紧挨着银杏树的冷杉上，也住着一只姬鼠，野草莓丛里也住着一只姬鼠……

　　实际上，这片森林里一共住着五十多只姬鼠。

不过，姬鼠是一种非常安静的动物，它们都以为只有自己住在这里。

可是有一天的早上，一股咖啡的香味不知从什么地方飘了过来，整个森林都可以闻到。

"咦？"

姬鼠小小的脑袋，从洞里、从树上、从草丛里伸了出来。

"好香啊……"

每一只姬鼠都在使劲儿地嗅着。然后，它们就像被施了魔法一样动了起来，朝着咖啡香味传来的地方走去。

就这样，五十多只姬鼠围到了玻璃火炉的边上。

"哎呀，太意外了！"

每一只姬鼠都这么说。为什么呢？因为它们还是头一次知道有这么多的同类住在同一片森林里。

不过，最意外的，还是那只正在煮咖啡的姬鼠。

"哎呀，哎呀，哎呀。"

它头都晕了，差一点儿就把水壶给打翻了。尽管如此，一下子有了这么多伙伴，还是让它非常高兴。

它用明亮的声音对它们说："来吧，我请你们喝咖啡。"

好多年、好多年过去了。

一个冬天的黄昏,一个风之精灵从森林的小路上急匆匆地跑了过来。

"冷冷冷……"

风之精灵梳着分头,系着一条蓝色的领带。虽然已经完全长成一个大人的模样了,但确实是呼。

呼刚从遥远的国家回来。呼在那里看到了冰山、极光和罕见的动物。

他还造了冰房子,坐了狗拉的雪橇,玩了赛跑游戏。可是那个白色的国家实在是太冷了,太刺眼了,呼深深地怀念起绿色的森林和温暖的火炉来了。

"回去吧!"

有一天，呼下定决心，跟那个女孩道别了。然后他跑啊、跑啊，比坐飞机回来还要快。中途，他还顺路买了一条领带。

当呼在森林里看到那团朝思夜想的橘黄色的火光时，他松了一口气。

"啊，我终于回来了，姬鼠还好吧……"

那里确实有姬鼠。可是,足有一千只!

呼瞪圆了眼睛。他还以为像过去一样,只有一只姬鼠在悄悄等他呢!

而且他走近一看,还有更加不可思议的事情呢。那个火炉,小得令人吃惊,小到都能放到他的手掌上了。对于十厘米的姬鼠来说,用起来倒是大小正好。尽管如此,他还是认出来了,这确实是他的火炉,因为玻璃上的图案他太熟悉了。

这是为什么呢?

难道我长成了一个巨人?不,不可能。呼不过是长成了一个大人,不过是长高了二十厘米。

"以前可不是这样的。"呼嘀咕了一声。

以前,大大的呼和小小的姬鼠,一起在火炉边烤火,一起吃锅里好吃的东西,一点儿都没觉得有什么不对劲儿。用一样大的盘子,一人吃一个烤苹果,也没觉得有什么不对劲儿。

这到底是怎么一回事呢?

呼蹲到了地面上,问一只姬鼠:"你认识我那只姬鼠吗?"

"……"

"一个特别会做菜的女孩。"

这么一说,那只姬鼠像是终于想起来似的点了点头。

"啊,你说的是我们的曾祖母!"

"曾祖母?"

呼的眼睛都瞪圆了。已经过去这么长时间了吗?那个温柔的女孩,已经变成老奶奶了……

可呼还是想见她一面。

"她在哪里?"

于是,姬鼠们齐声说:"曾祖母老早就……"

老早就……

是的,她已经死了。姬鼠的寿命非常短暂。

呼趴在地面上，双手托腮，他已经彻底明白了：我真的长成一个大人了。

玻璃火炉看上去只有香烟的火那么大。小小的，闪着橘黄色的光。

它的周围，有五六只小姬鼠正忙着准备做饭。

　　还是那口锅,还是那把水壶……但是,那已经不是一个呼能进入的世界了。

　　"再见!"

　　说完,呼便站了起来,然后,慢慢地走了。

　　这个时候的风,已经看不见了,仅仅是风了。

　　不会做梦,不会说话的真正的风了。

[日] 安房直子

1943年出生于日本东京。日本女子大学国文科毕业。在大学期间，跟随童话作家山室静学习创作童话，以《目白儿童文学》《海盗》为中心，开始发表散发幽香的美丽故事。

《花椒娃娃》获第三届日本儿童文学者协会新人奖，《北风遗忘的手绢》获第十九届产经儿童出版文化奖推荐，《风与树的歌》获第二十二届小学馆文学奖，《遥远的野玫瑰村》获第二十届野间儿童文艺奖，《山的童话：风的旱冰鞋》获第三届新美南吉儿童文学奖，《小夜的故事：直到花豆煮熟》获红鸟文学奖特别奖。

[日] 降矢奈奈

1961年出生于日本东京。曾在斯洛伐克布拉迪斯拉发美术大学学习石版画。目前居住在布拉迪斯拉发市。主要图画书作品有《树洞里的妖怪国》、"狐狸和狼·好朋友的大冒险"系列等。

HIMENEZUMI TO GLASS NO STOVE
by Naoko AWA, Nana FURIYA
© 2025 Naoko AWA, Nana FURIYA
All rights reserved.
Original Japanese edition published by SHOGAKUKAN.
Chinese (in simplified characters) translation rights in China (excluding Hong Kong, Macao and Taiwan) arranged with SHOGAKUKAN through Shanghai Viz Communication Inc.
Simplified Chinese translation rights © 2025 by Beijing Yuanliu Classic Culture Ltd.

版权合同登记号 图字：22-2024-126

原版设计：冈本明

图书在版编目（CIP）数据

姬鼠和玻璃火炉 /（日）安房直子著；（日）降矢奈奈绘；彭懿译. — 贵阳：贵州人民出版社，2025. 3.
ISBN 978-7-221-18787-1
Ⅰ. I313.88
中国国家版本馆CIP数据核字第2024WA4696号

JISHU HE BOLI HUOLU
姬鼠和玻璃火炉
[日] 安房直子 著 [日] 降矢奈奈 绘 彭懿 译

出版人 朱文迅 策划 蒲公英童书馆 责任编辑 颜小鹏 装帧设计 王学元 责任印制 郑海鸥
出版发行 贵州出版集团 贵州人民出版社 地址 贵阳市观山湖区中天会展城东路SOHO公寓A座（010-85805785 编辑部）
印刷 鸿博昊天科技有限公司（010-87563716）
版次 2025年3月第1版 印次 2025年3月第1次印刷
开本 787毫米×1092毫米 1/20 印张 2.8 字数 30千字 书号 ISBN 978-7-221-18787-1
定价 32.90元

如发现图书印装质量问题，请与印刷厂联系调换；版权所有，翻版必究；未经许可，不得转载；质量监督电话 010-85805785-8015